CB137479

NÉVOA E ASSOBIO

BIANCA DIAS
desenhos de JULIA PANADÉS

2ª edição

Relicário

Aguda presença

por Bianca Dias

Quem sepulta um filho não tem idade.
Está para lá das idades, para lá dos tempos, tem uma posse
do mundo que independe de todas as limitações.
A intensidade de quem sepulta um filho é semelhante à das
forças inaugurais ou terminais. Pode fazer e desfazer tudo.

Valter Hugo Mãe ('A desumanização')

Escrever é fazer colheita de flores em campo minado.

Escrever sobre a perda de um filho é tentar construir um sítio onde o vazio possa se abrigar, um território que possa ser margem no lugar em que desliza aquilo que, na palavra, é pura neblina.

Caetano nasceu no dia 3 de maio de 2014. Faleceu no dia 7. Quando o vi pela primeira vez, pequeno e frágil, ligado ao mundo por tubos e fios, senti a força do que, para Primo Levi, seria "uma ausência absoluta que opera na língua": acontecimento diante do qual não existem palavras para expressar tamanha ofensa, brutalidade para a qual nunca estamos preparados.

Passei a vida lidando com uma série de perdas e renúncias decisivas, mas jamais imaginei que viveria a experiência mais dolorosa do mundo: ninguém espera perder um filho. É dor que estraçalha, que não se inscreve no registro do comum. É algo que funda um mundo novo, instante em que me deparei com a indeterminação da vida, com o que excede todos os limites, com o insondável e incompreensível. Nesse momento, adentrei o terreno vertiginoso da aventura trágica. Porém, para além do destino havia a escolha: recuar e cair num território devastado ou transformar a sensação de impotência em potência.

Diante de um vazio aterrador, agarrei-me numa fúria desejante e decidi fazer da morte algo vivo, tarefa que incluiu abrir mão do desespero e escrever. Nessa rasura fui encontrando um abrigo, um litoral. Quando Caetano partiu, desalojada de uma instância que me desse alguma garantia, lancei-me numa escrita arriscada e necessária, escrita que apenas se fazia por sua aguda presença.

Na tentativa de manter-me viva, escrevi diariamente, numa língua única e radical, pois, frente ao que é traumático e à mais intensa experiência, a língua comum fracassa. Desse fracasso, do que restou em invenção de uma escrita singular, fiz um texto que, talvez, possa guardar o que foi e é Caetano e, também, criar alguma palavra, fora dos veios já traçados da linguagem.

Aqui, é bom lembrar da força que se requer quando se escolhe a beleza que vem da profundidade e da coragem, a beleza que enfrenta o horror olhando de frente para ele.

Em seu belo texto "Sobre a transitoriedade", Freud relata um passeio com o amigo Rilke, numa tarde de agosto de 1913, por maravilhosos campos nas Dolomitas. O poeta, tomado de profunda nostalgia perante a beleza do cenário, lamenta a transitoriedade e a fugacidade do belo na natureza, fadado a morrer no inverno, assim como toda a beleza humana, criada e a ser criada pelo homem. Freud, ao contrário, valoriza a beleza pela sua efemeridade.

É preciso suportar o terror para se alcançar a beleza, que não nos chega gratuitamente e nem de maneira óbvia. Para alcançar a beleza é preciso quebrar com as mãos o espelho dos ideais e, às vezes, se espatifar junto e recolher os cacos. Penso que a beleza não se separa da coragem e da força bruta delicada que não naturaliza as experiências da vida, mas se deixa atravessar por elas e extrair daí qualquer coisa radical e intransferível, pois não há beleza sem o eterno confronto com aquilo que nos acomete. O lugar da beleza é o lugar que interroga, inquieta e move.

Diante da perda brutal de meu filho, me ancorei no abraço firme do pai de Caetano, que me ensinou, a partir de sua ética budista, que a verdade só pode ser agarrada com as mãos nuas.

Era preciso converter o horror sem nome em algo que pudesse ser nomeado, transformar o terror indizível em escrita.

Passei noites duras e intensas escrevendo lentamente, letra por letra, domando a dor absurda e o inapreensível que me invadia violentamente. Quantos silêncios e lágrimas enquanto o mundo dormia. E, também, algumas belezas a me salvar: abrir os olhos e lembrar do filho que não está, e novamente sentir o toque de sua mãozinha ao escutar a minha voz.

Alguns gestos têm a dimensão de mudar a existência. O que seria da minha vida sem aquele maior esforço do mundo para pegar na minha mão? É o gesto que ensina sobre o essencial, sobre as coisas menores e silenciosas. O nome da coragem mais profunda e decidida que aprendi na fina lâmina do bisturi e que segue apontando novos nomes: um filho que pôde me dar colo, numa presença que se estendeu para as coisas da vida. Um filho que insiste em mim não somente como perda, como nas palavras de Valter Hugo Mãe no livro "A desumanização": "Nunca se perde por inteiro um filho. Ele resta sempre como algo que temos a infinita possibilidade de evocar. Evocamo-lo e ele é. Eu disse. [...] Dizemos filho e ele é sempre algo. Nunca regressa ao tempo em que não existia".

Da gravidez ao nascimento de Caetano e até os dias de hoje, do ponto intratável ao que se pode atravessar, segui insistindo em palavras aladas que se transformaram nessa escrita que é vida. E só se vive por teimosia e desejo. Agora, entrego ao mundo o relicário mais pungente e abismado dessa minha travessia. Como o escritor mineiro Lucio Cardoso, "escrevo e meu coração pulsa. Escrevo apenas porque em mim alguma coisa não quer morrer e grita por sobrevivência".

Quando descobri minha gravidez escrevi num caderno de anotações: "Mise en abyme. Vida dentro da vida. Narrativas em abismo. Alguém me diz: a vida é tudo o que não se espera e ainda assim acontece."

E repito: a vida é tudo o que não se espera e ainda assim acontece.

Caetano talvez seja o nome que tenha encurtado o tempo para expandi-lo. Caetano iluminou minha verdade.

Ribeirão Preto, 7 de julho de 2015

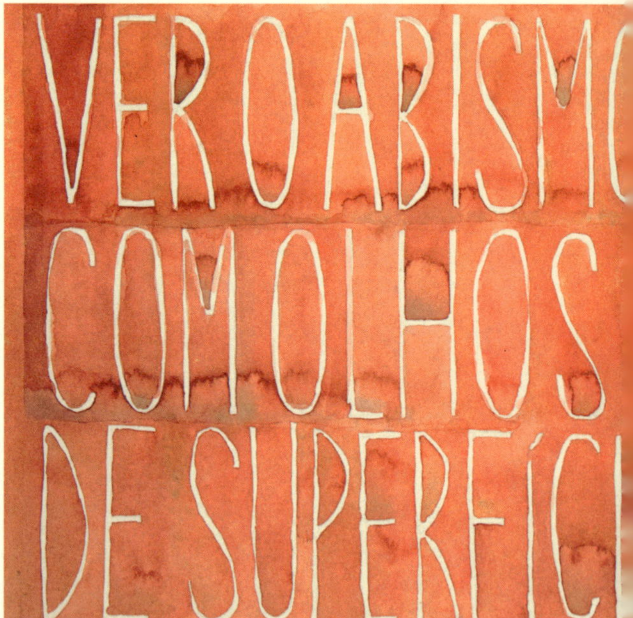
VER O ABISMO
COM OLHOS
DE SUPERFÍCI

Ver o abismo com olhos de superfície

por Julia Panadés

Havia um menino por nascer, você me disse. Depois a poeira estelar, o amor tecido em um diário aberto: algo entre o amanhecer e a noite infinita. Era o céu de Caetano e sua palavra alada, o cerzido de um relicário que você vestia, aos poucos, diante de mim, diante de nós. Eu também me vestia, sem pressa, para a festa que seria. Antes do convite ao livro havia apenas a escrita, fazendo da coisa chamada angústia uma alegria difícil, mas chama-se alegria. Antes de haver livro havia o chamado, o apelo da dor, a escuta tateante de um abismo parapeito, a suavidade de uma névoa, a lâmina de um assobio. Havia uma sentença-de-nascimento insistente, ela dizia: ter nascido não nos livra da tarefa de nascer. O empenho da criança (em nós) tem parte com a criação, com a linha-cria dessa estranha força que nos aproxima, com o fio estendido sobre o vão, com a superfície acolhedora da página, com o lençol fiado na urgência da prece, com a fibra tramada na possibilidade, com a nascente da palavra, com o grão do desenho, com o moinho dos começos.

Belo Horizonte, julho de 2017

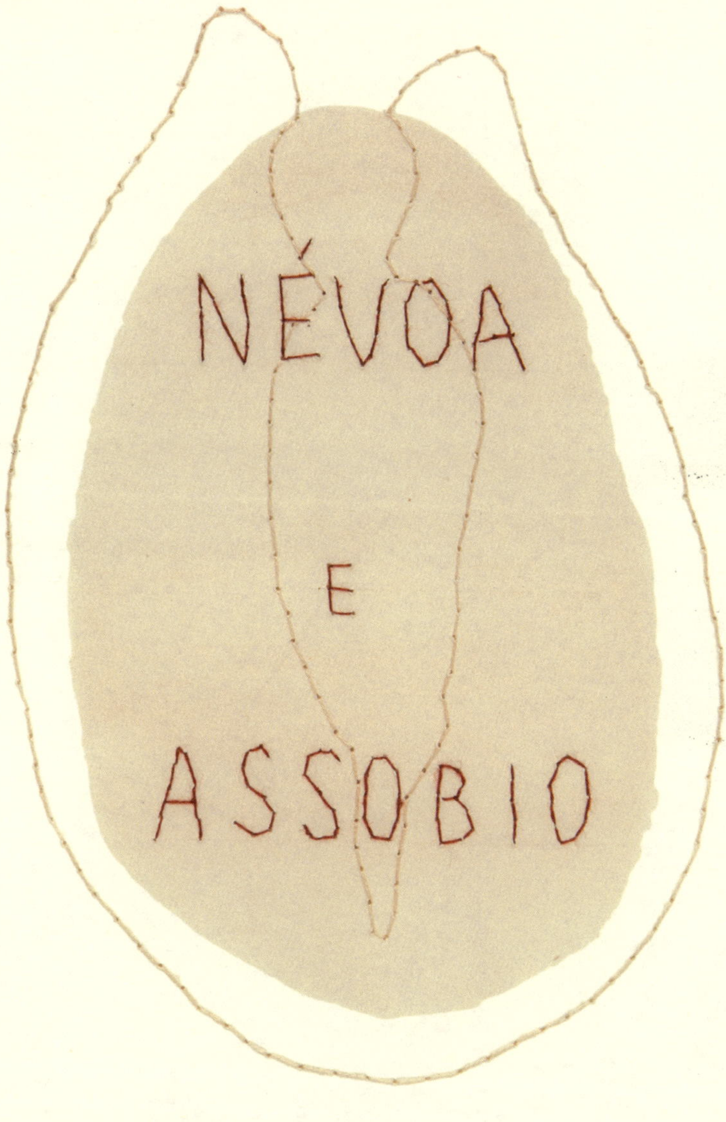
NÉVOA
E
ASSOBIO

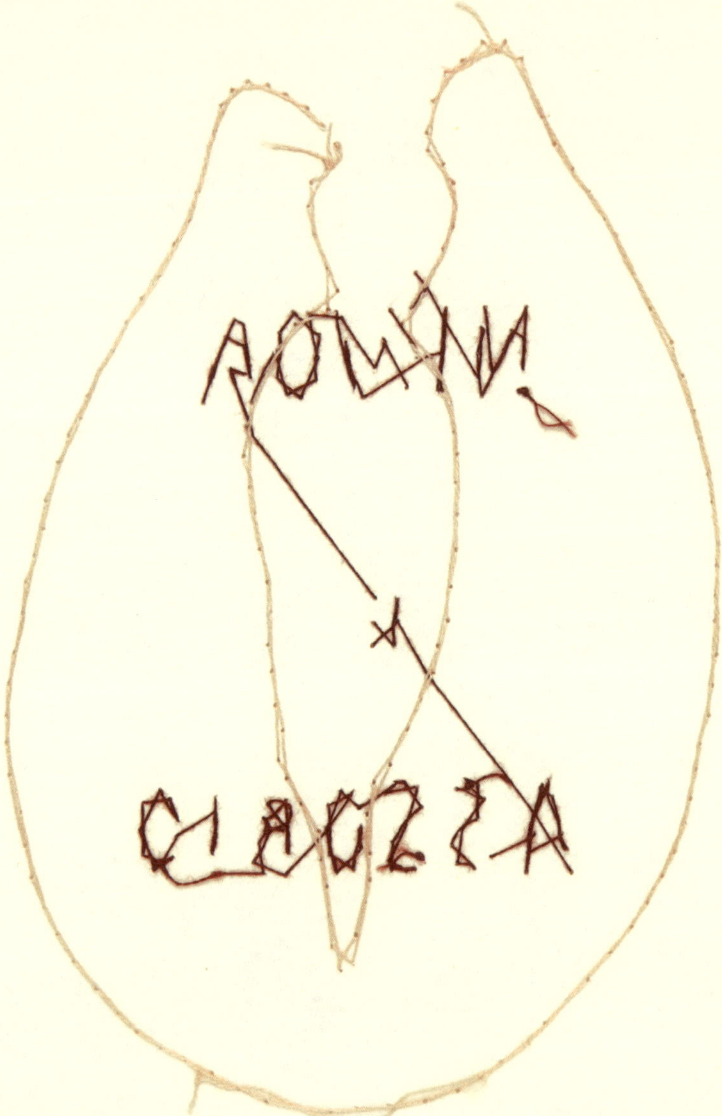

Era um casal improvável.
Ela com seus pouco mais de 20 anos.
Ele com seus quase 40.
Era fácil amá-la.
Amá-lo pedia, talvez, uma certa elaboração.
Ele se bastava em si.
Ela não cabia no mundo, que sempre foi pequeno para isso.
Uma luminosa lacaniana falante.
Um reticente lacônico blasé.
Quem sabe como, afinal, operam os deuses da (im)probabilidade?
Manhãs se passaram com ele, qual budista contemplativo, a olhar
em silêncio a mulher a dormir. Não que ele a desconhecesse.
Desconhecido, quem sabe, o sentimento que o acometia
de quando em quando.
Ela parecia não temer dar saltos ou se atirar no espaço.
Ele temia ficar cego com tantas cores e tanta vida.
Só quando percebeu que ela, como ele, era uma sobrevivente, se
permitiu fazer o que ela fazia há tempos: amar sem reservas.
Aí o receio era outro: às vezes dá medo ser feliz.

[Maurício – véspera do nascimento de Caetano]

Amigos, peço desculpas por falar com vocês por mensagem, mas a dor me retirou a voz. Caetano passou como um relâmpago, um poema em nossas vidas. Nesta manhã fomos chamados ao hospital. Ele não aguentou. Desde sábado vivemos dias em que fomos apresentados ao amor da maneira mais bela e dolorida. No entanto, fizemos Caetano existir, cantamos para ele. Num gesto que nunca esquecerei, aprendi muito sobre a vida e sobre mim: numa das idas à UTI coloquei a mão sobre seu coração e ele, num esforço imenso, a pegou com sua pequena mãozinha, a me guiar por um novo lado da existência que talvez me fosse inacessível sem sua passagem pela vida. Optamos pelo sepultamento imediato hoje, às 16:30 horas, no cemitério Memorial Parque dos Girassóis.

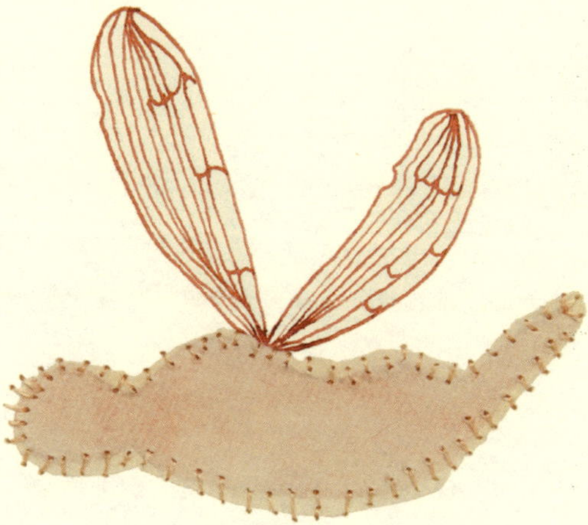

A vida em estado bruto.
Um poema breve, conciso e perfeito: um haikai.
Pequeno, fugaz e fugidio como os momentos felizes devem ser.
Perene e permanente como só o amor permite ser.
Intensa e bela,

UMA VIDA INTEIRA EM CINCO DIAS

[Maurício – no dia em que Caetano partiu]

Olhei para meu filho numa incubadora, ligado ao mundo por fios. Ao ouvir minha voz, ele chorou num pedido de socorro e levou a mãozinha ao tubo colocado em sua boca, querendo arrancar aquele incômodo. Decidi cantar para ele e imprimir ali um outro tipo de conexão com a vida, além dos fios, dos barulhos irritantes, dos sons desconhecidos. Ele foi se acalmando ao reconhecer a mãe com a mão sobre seu coraçãozinho. Então, era ele quem me socorria do pior. Era como se, em estado extático, eu fosse tocada pela morte e pela vida, juntas a me fornecer alguma força. Foi meu filho quem me ensinou mais sobre a teoria — tão pequeno, já sabia o que me encantava. Parecia querer me falar daquilo que Lacan já dizia da morte: um algo além do retorno ao inorgânico; aquilo que sustenta o caráter simbólico e contingente e que traz a vontade de criação a partir do nada. Uma morte em que aquilo que triunfou foi a vida e a invenção.

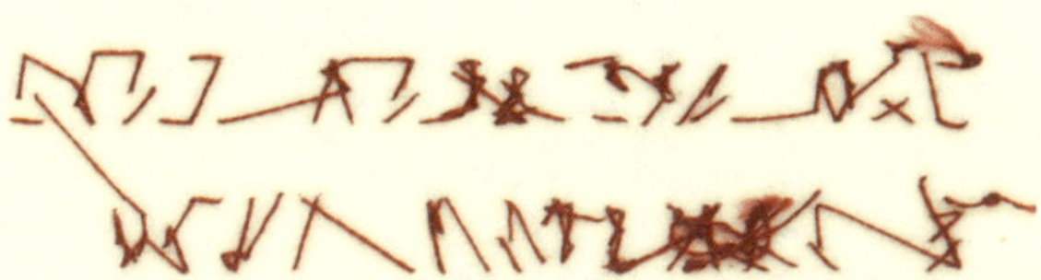

NÃO ARRISCAR NADA

É ARRISCAR TUDO

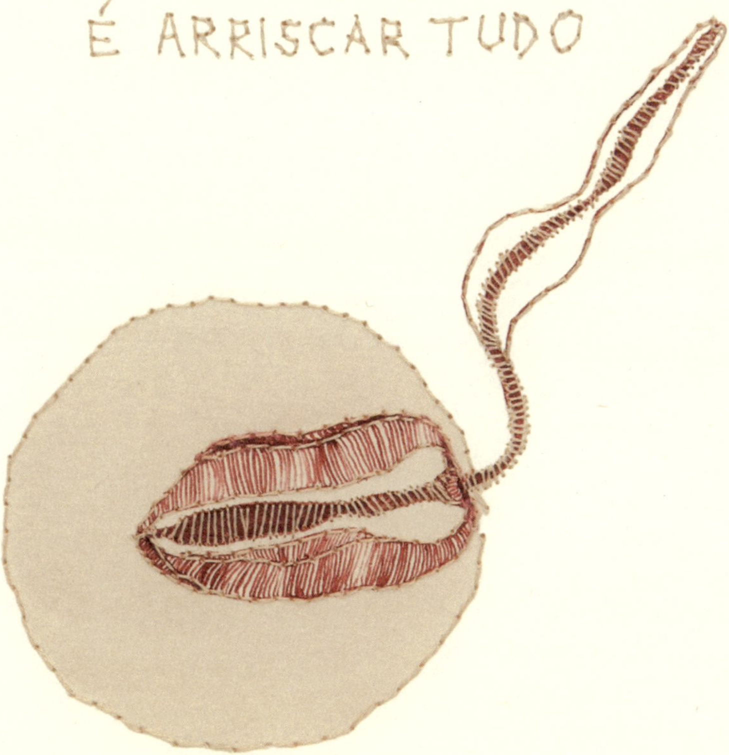

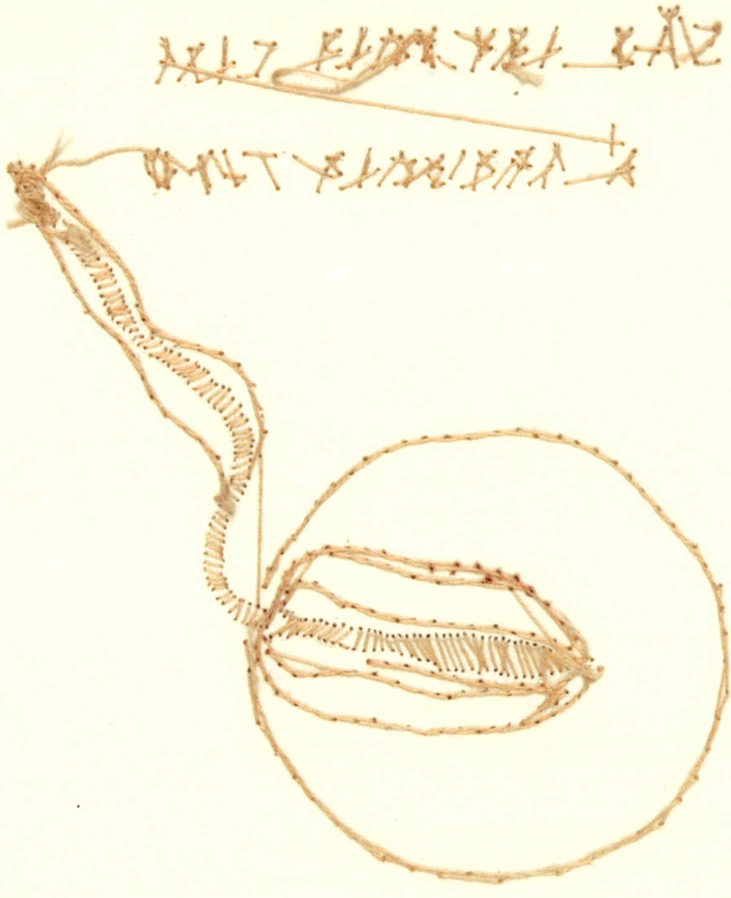

Nesses cinco dias lidei com a fragilidade da existência em seu extremo, mas também me deparei com uma potência espantosa de redescobrir tudo com o olhar revigorado pelo amor. Conheci a feição abissal da vida e isso, paradoxalmente, não me tornou mais dura ou mais amarga. No meu caso, a tristeza é companheira da alegria. Sempre fui uma criatura solar-subterrânea, abrigada em meus paradoxos e constituída de forças aparentemente díspares.

Hoje sou mãe do Caetano, filho tão amado que viveu uma vida inteira em cinco dias e fez caber num gesto delicado uma existência toda, como Tarkovsky, o mestre do cinema poético, que fez caber o mundo inteiro numa gota d'água.

Meu filho me abrigou em suas pequenas mãos, depositadas na minha. Num esforço de herói, ao escutar minha voz, levou-as a mim, salvando-me do desespero e instalando um afeto descomunal, que eu não sabia ser capaz de sentir.

Sem ele, um lado de mim mesma me seria inacessível. Caetano, meu filho, me inaugurou. Não conheço nada mais bonito.

HAVIA UM CORTE UMA CURVA NA EMOÇÃO

Caetano ia me tornando mãe — experiência irredutível e marcada por um real inquietante, que ora me estraçalhava, ora me recompunha. Meu filho me deu uma família nova em uma travessia arriscada. Fui me encontrando com a experiência mais profunda e bela que poderia ter e, no meio de tudo, fui achando uma maneira singular de ser mãe — uma escritura, um estilo, minha diferença. Com meu pequeno frequentei outros países, surgiram novas perguntas, fui reconstruindo teorias acerca do valor e do sentido da vida; aceitei tudo que ele me trazia, exceto viver de forma banal, sem intensidade, sem espanto, sem encantamento, sem risco, sem amor ao enigma.

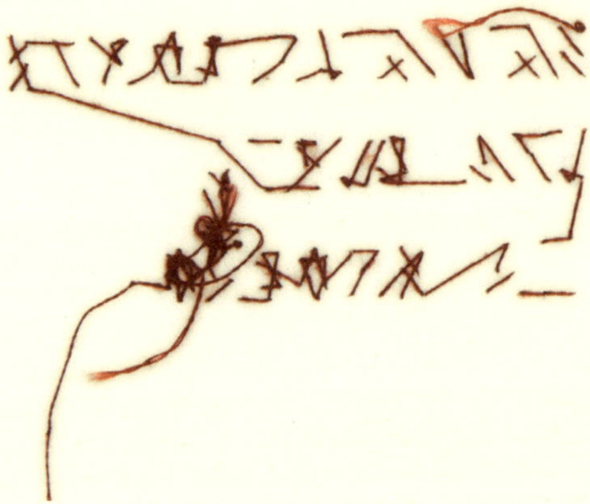

Nesse nada que se faz presente, escrevo. Escrevo para não me perder no excesso vazio do falatório, quando o que se impõe é da ordem do indizível. Escrevo num exercício de redução e para que as palavras – tão sagradas – não percam sua espessura e poder. Escrevo e crio um pequeno altar onde posso depositar minha marca, aquilo que me restou de esperança. Esse ponto preservado de alegria, mesmo diante de tanta dor. Um pequeno relicário de uma fé no absurdo e no intangível que sempre carregarei comigo.

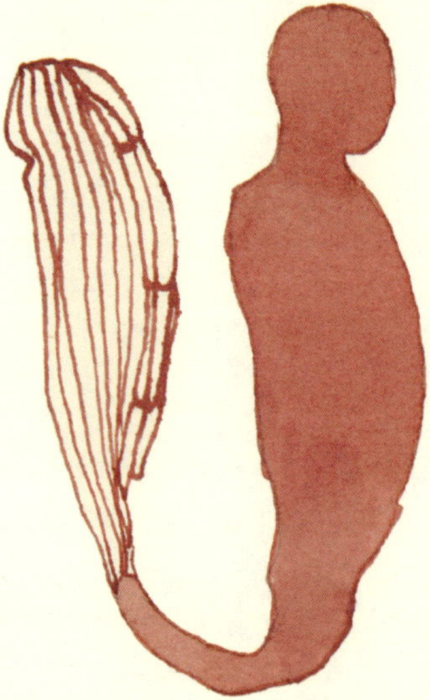

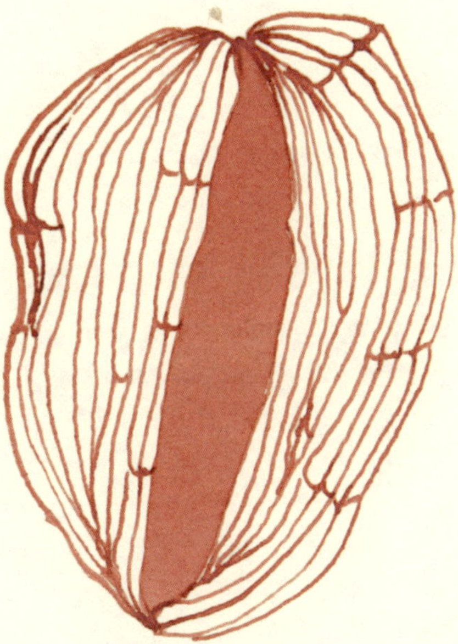

Ter um filho foi manter um espaço de mim na marginalidade. Foi ter que encontrar abrigo em um não-lugar, encontro com o que havia de mais estranho e belo nesta vida, estar face a face com esse desconhecido, mergulhar nessa diferença e inscrevê-la com força e coragem absurdas, que eu nem sabia possuir.

Sempre gostei de uma frase de Walter Benjamin: "Não se trata de aceitar o destino, mas de desafiá-lo". Pois, ter um filho foi ser arrancada do banal violentamente e arremessada a uma espécie de alumbramento estonteante e cotidiano.

Caetano me fez sustentar uma escolha, fundar um ato, foi uma maneira de tornar-me outras de mim. Decisão sem volta, que implica um exílio ininterrupto desse "si mesmo" que quer se dobrar a explicações rápidas, para não se deparar com a complexidade e o mistério da vida e da morte debruçados sobre nós.

No funeral, cantei rouca a pergunta que sempre me acompanhou. Cantei todos os mistérios da minha infância: a primeira vez em que escutei o barulho do mar aprisionado na concha, o momento em que enxerguei o risco de uma estrela cadente e a memória do canto de um sabiá nos fundos da casa de meus avós. Existirmos, a que será que se destina?

Lembro do dia em que descobri uma habitação estrangeira em meu corpo. Fiquei perplexa. Primeiro, pela maneira improvável como tudo tinha acontecido. Depois, pelo desafio: amar um homem já era desconcertante, gerar um filho desse amor era desnudar esse afeto para o mundo de uma maneira radical e bela, de uma beleza rara que não existe sem algo de estranho nas proporções. Tudo me parecia demasiado, convulsivo, obsceno.

Desprevenida e tomada pela surpresa de intensidade inesperada, procurei minha própria grafia estendida no lugar comum: gestante não era nomeação que cabia em mim. Era o mundo que estava grávido comigo. Foram tantos meses em que caminhei por um território de incertezas, vendo surgir em mim um amor sem medida. Um filho era também uma fera me espreitando, uma loucura, um amor que denunciava minha humanidade e minha precariedade.

Quando o médico disse que era uma gravidez arriscada, pensei: mas existe alguma poesia sem risco? Grave é a vida e disso eu já sabia. Acolhi na carne a performance do desejo que sempre esteve ali, falando uma língua ininteligível. Para traduzir uma língua na outra, precisei de muitas noites em claro na varanda.

Pequeno relicário para Caetano.

Fazer da saudade alguma criação — um gesto de rebeldia contra o nada. Inventar línguas novas para o amor, estrangeirar os nomes, recriar o afeto a partir de outro ponto como maneira de não sucumbir diante do nada.
Acolher a tristeza, mas levantar-se diante de um filho que sempre existirá, com a alegria de ter visto em seus pequenos olhos algum reconhecimento amoroso.
Significar os acasos como escolhas.
Ter gratidão pelo próprio destino.
Fazer cintilar estrelas no meio da escuridão.
Abrir o caderno na primeira página e encontrar ali a inscrição de um trecho de Eucanaã Ferraz (que faz todo o sentido): "A beleza é uma ferida que nos atinge."

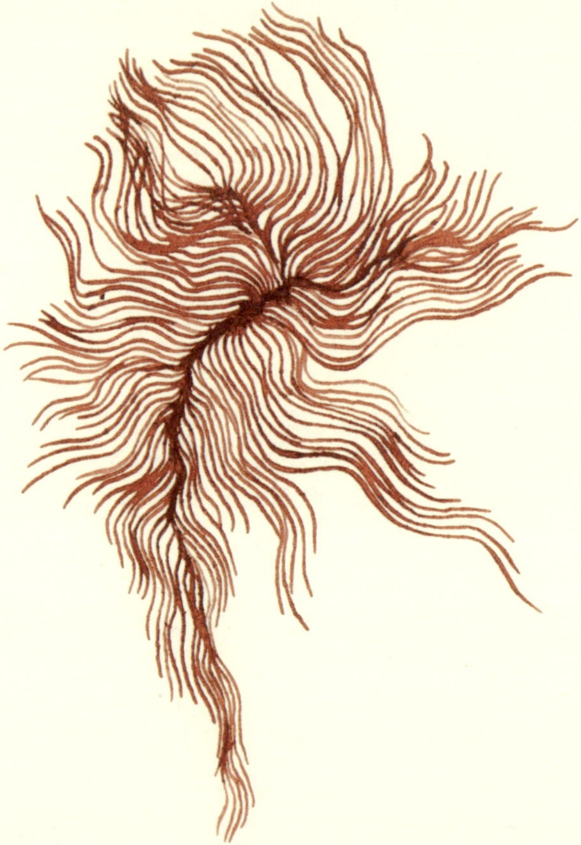

Uma amiga me disse algo profundamente belo: "Não posso sequer imaginar sua dor. Tentar ter acesso ao indescritível dela é quase um desrespeito. Melhor me calar."

Foi uma das coisas mais sensíveis que já escutei. Digo por mim: não há nada que eu tenha vivido antes que possa se aproximar do que é enterrar um filho nas condições em que o fiz. Não há nada mais doído do que ver um filho entubado, sofrendo numa UTI neonatal. Não há nada tão brutal quanto ter que enfaixar os seios repletos de leite e precisar tomar um remédio para secar o alimento que deveria nutrir de vida quem você mais ama. Não há imagens que possam demonstrar isso. Há palavras que tentam tocar alguma coisa de humanidade que ainda insiste aí. Há palavras teimosas a reinventar a vida, acolhendo uma dor que é um ponto-limite: depois dele, penso que não há mais nada. Ou há: o desespero, um lugar onde sempre me recusei estar por decisão ética.

Posso dizer que minha bagagem trágica é consistente. Teria uma lista de razões para desabar para o dramático. No entanto, acolho essa dimensão trágica da existência sem recuar diante dela. Se por um momento não há remédio e nem remendo, no luto que faço de alguma coisa do meu próprio corpo também incluo algo novo e belo – uma tatuagem na carne: amor fati, como aquilo que não nos deixa sucumbir ao nada, como afirmação da transitoriedade, como marca de amor ao evanescente e ao que não pode ser previsto, como amor também ao incompreensível. Tatuagem que não permite que o sentido da vida vá embora, como uma saída bruta e corajosa para continuar existindo com dignidade. Quando se chega ao ponto-limite não há outra saída a não ser esta: uma furiosa vontade de sustentar no mundo uma posição desejante, uma teimosia em assinalar o singular com a própria ferida aberta.

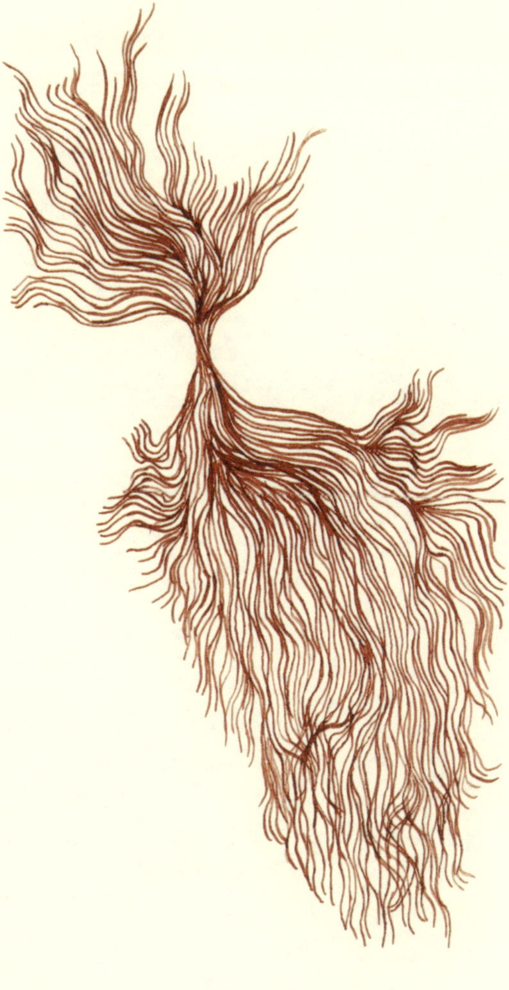

Há noites turvas em que percebo, ainda atônita, que não há nada mais palpável do que aquilo que me escapa. Em carne viva, escrevo para reinventar a vida em mim e pegar nos braços minha falta: palavra por palavra, vou me aproximando do meu desfiladeiro de emoções. Escrita nascida dentro do meu útero, escrita nascida de meu amor por Caetano. Meu filho: território da miragem que posso tocar com as duas mãos.

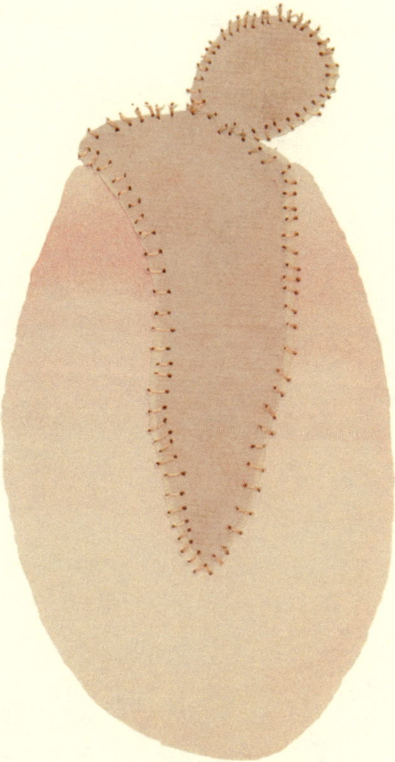

ESCRITA

Somente mais tarde pude entender que tipo de presença é meu filho: nascido sob o emaranhado confuso do desejo, fundado nos atrapalhos da língua, agora vivendo entre o refluxo e o corte de uma escrita tão singular e tão nossa – uma inscrição desse infinito que vivemos os três. Meu filho, minha língua secreta. Eu, que achei que o pegaria nos braços, constato, surpresa, que foi sua existência que me pegou no colo e me salvou.

O milagroso da vida é sempre da ordem do instante – pode durar pouco ou muito. Há uma fratura que o instante milagroso comporta: muito ou pouco é o suficiente para nos indicar que o milagre tem relação com o vazio. Resta então saber o que fazer depois que esse milagre incide em nós numa lógica de tempo que instaura uma falta abissal. Criar asas para voar entre tudo? Escrever, escrever, escrever até o sangue estancar?

Sim, o milagroso da vida é mesmo da ordem do instante. O milagroso da vida é para quem pode ver o mínimo e detectar ali uma imensidão.

Ontem, reconectada com alguma religiosidade a partir de outro ponto, entendi a suspensão do tempo, o distanciamento e a reaproximação que acontecia. Um instante que pude entender como místico, por me trazer o estatuto de verdade sobre o feminino e que, desse modo, se apresentou, desde o nascimento do meu filho, como um caminho a ser percorrido para melhor poder dizer sobre o que é da ordem do indizível, esse feminino que se afirma além do biológico, mas que se dá como uma posição subjetiva que pode ser visitada tanto por homens quanto por mulheres.

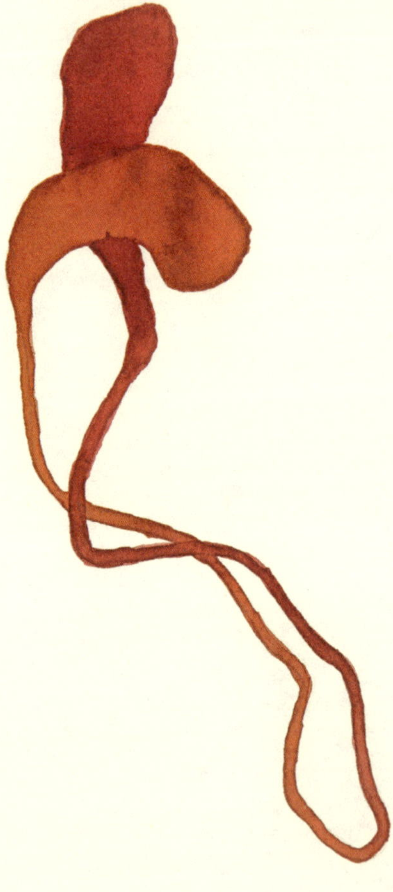

Há tantas lágrimas de saudade. Há também o desejo de aprender com o vazio cravado no coração das coisas. Entre águas que escorrem infinitas de mim e entre habitações no invisível, tateando na escuridão dos dias encontro um litoral, ponto pacífico de hospedagem da dor.

Ainda não cabe em mim a cronologia do mundo.

NEM LÁ, NEM CÁ,
ALGUM OUTRO LUGAR

Sempre fui muito abismada com tudo. Numa dessas noites, na beirada do abismo, procurei alguma coisa que significasse a série de experiências que foram me apresentando um real avassalador e também uma potência de vida e uma urgência que só os acontecimentos trágicos trazem. Noite passada, depois de muitas madrugadas em busca de algo, me encontrei com a poesia de Wislawa Szymborska:

"Morrer apenas o estritamente necessário, sem ultrapassar a medida. Renascer o tanto preciso a partir do resto que se preservou."

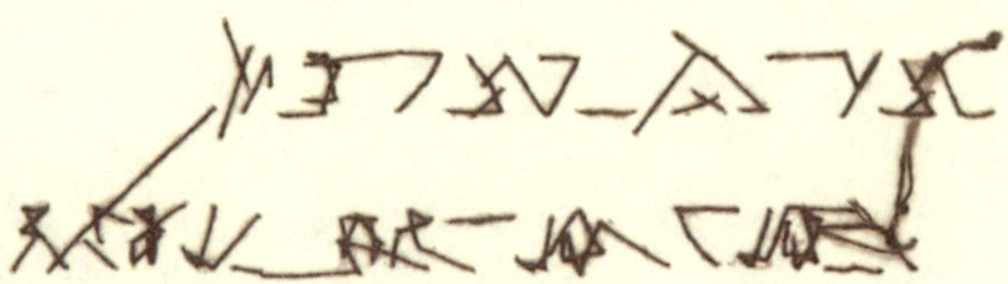

Há madrugadas em que o corpo se lembra do limite insuportável de dor e exaustão psíquica e física de noites frias e terríveis. Nelas havia um limite frágil, um equilíbrio precário das coisas, um rombo na realidade. Segurei-me no amor. Não há palavras e nem teorias que possam dar conta de algo tão brutal, de uma sucessão de cortes e invasões sem o intermédio de qualquer roupagem imaginária.

E as palavras que vão surgindo, no desenrolar da vida e da morte cotidiana, não cabem senão num ponto mínimo que restará, num ponto traumático e belo, trágico e sublime – resto daquilo que fica de uma experiência aterradora e potente e que, em última instância, é a própria experiência de nascer, viver e morrer.

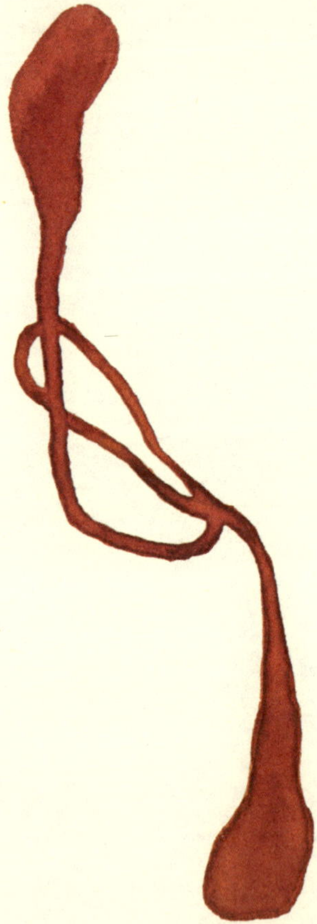

Se há uma beleza que quase me cega e me retira a voz é esta que vivo agora. Respeitarei este silêncio como um desvio da ordem, como um assombro que também me embriaga a encontrar caminhos novos. Não quero me dissipar em banalidades, não preciso esquecer de nada. Se chamo de beleza um momento tão aterrador é porque nunca vi contradição exata entre a vida e a morte, é também porque não acredito em qualquer ideal de completude e equilíbrio. Somos todos precários, fragmentados e estranhos. Toda beleza é convulsiva. E é por isso que não cabe consolo.

Tive um filho para desaprender todas as obviedades e assim foi.

Acolho, na desmedida do impossível, aquilo que não cabe na tarja preta dos medicamentos, a dor e a invenção que provém daí. Aceito o luto como parte daquilo que é necessário vivenciar e sigo acreditando que a intensidade é uma dádiva. Em um lindo ensaio chamado "Mishima ou a visão do vazio", Marguerite Yourcenar disseca justamente o momento em que o vazio encara o escritor e o desejo de completude incide de maneira brutal. Numa perfeição ritualística ele prepara sua morte. Seu ventre precisa ser rasgado para revelar algo inapreensível. Sem defesa diante do real, resta-lhe arrumar sistematicamente chumaços de algodão, para impedir que suas tripas se esvaziem durante as convulsões de agonia. Para quem encara o vazio resta alguma coisa além da agonia, além das vísceras expostas, do pedaço do corpo arrancado – resta a vida: essa decisão escrita com sangue, mas sobretudo com palavras, que se não nos defendem completamente do real, fazem borda à tentativa inútil de controlar aquilo que nos atravessa.

De vez em quando choro até me afogar. Sinto meu corpo atravessado por um punhal, reviro minhas vísceras em perguntas estranhas e encontro somente respostas enigmáticas. Retorno para a superfície, costuro as duas bordas do corpo que estavam abertas junto com meu espanto. Me lembro de ter sido doutrinada para acreditar em justiça divina, mas há tempos constato que a vida é um amontoado de absurdos e, sendo absurda, é tão mais sublime e nela permaneço, escrevendo minha existência em sua desmesurada medida.

COSTURO AS DUAS BORDAS
DO CORPO
QUE ESTAVAM ABERTAS
JUNTO COM MEU ESPANTO

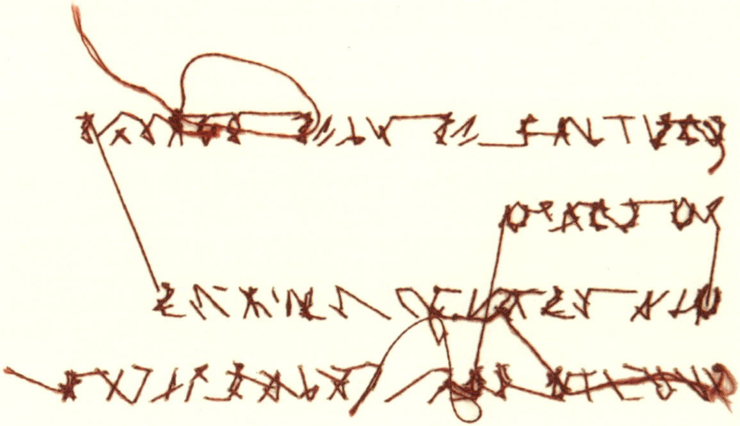

É na madrugada que o medo se avizinha: dormir é sonhar com tudo, abrir os olhos é também se lembrar imediatamente de tudo. A madrugada é onde preciso inventar minha bravura. Recolho todas as imagens e sentimentos de fronteira, aqueles que habitam a realidade objetiva, mas trazem junto a possibilidade de travessia – no mais das vezes, precária e sem garantias. Trata-se de uma invenção que carrega em seu ventre a força de um real que se impõe com seus fantasmas todos. Vou estendendo essa ponte entre palavras e vazios – aquela mesma ponte dos filmes da infância que me enchiam de medo e me obrigavam a ter coragem: ponte frágil, de madeira velha e com uma corda bamba para o apoio das mãos trêmulas sobre um abismo infinito, mas, ainda assim, uma ponte que me permite ir de um lugar para outro e me possibilita o encontro com o imprevisto que aguarda na outra ponta.

Tenho sono. Deito e não durmo. Insisto mais um pouco. Levanto para me encontrar com o texto que escrevo. Já pressinto em meu corpo uma tatuagem: amor fati. E retomo a letra: se Nietzsche instituiu o amor fati — esse amor ao destino —, Lacan fala do c'est ça (é isso). Quando se chega ao "é isso" não há mais queixa. Estabelece-se uma relação com a dor completamente outra — ela existe abrigada no colo da vida, coisa de quem já ultrapassou o terror do vazio, porque constatou que a existência é mesmo esse punhado de vazios contornados por outro punhado de ficções que inventamos com aquilo que temos de mais singular. A vida na ponta da língua.

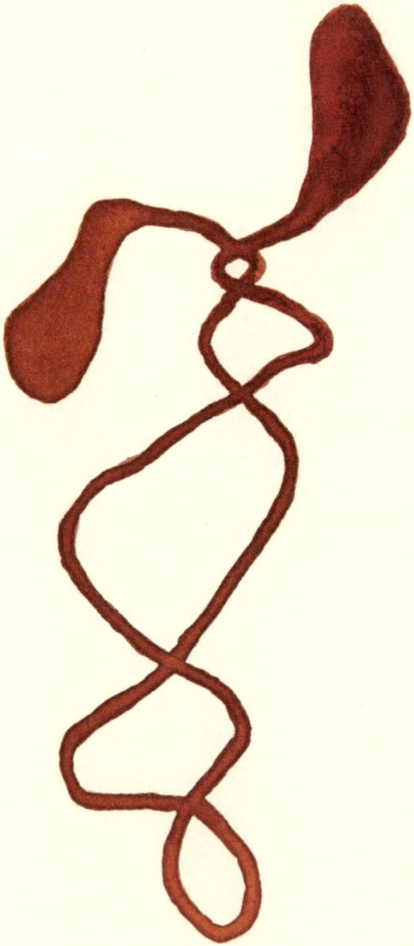

Escuto "Prelúdio à tarde de um fauno" de Debussy. Busco o poema de Mallarmé, de onde veio a composição, e me encontro com uma estupenda coreografia de Nijinsky. Emocionada e siderada nesse afeto que brota em mim, lembro de meu avô materno dizendo: "A gente só vive por teimosia, minha filha."

Se é impossivel acreditar no inacreditável, talvez nos seja possível acreditar na insistência, dar ouvidos para a insistência de Eros, teimar em encontrar sentido onde não há, mas, sobretudo, suportar aquilo que realmente nunca terá sentido e preservar esse resto como algo precioso.

É difícil amar também o fracasso, mas só se fracassa quando se está vivo e desperto para o mundo. Nunca vi morto fracassar. Este, sim, está pleno e distante do bailado brutal de Eros e Tânatos — essa dança que nos atinge em nosso narcisismo cotidianamente.

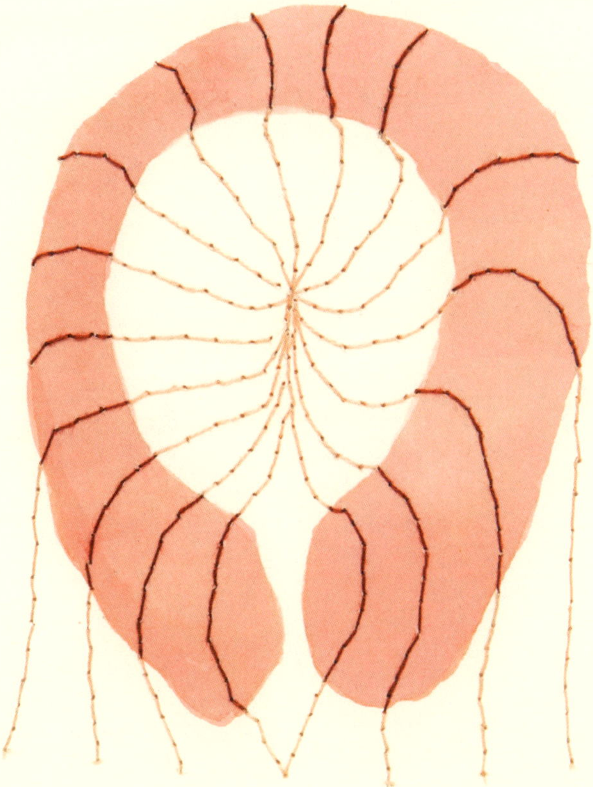

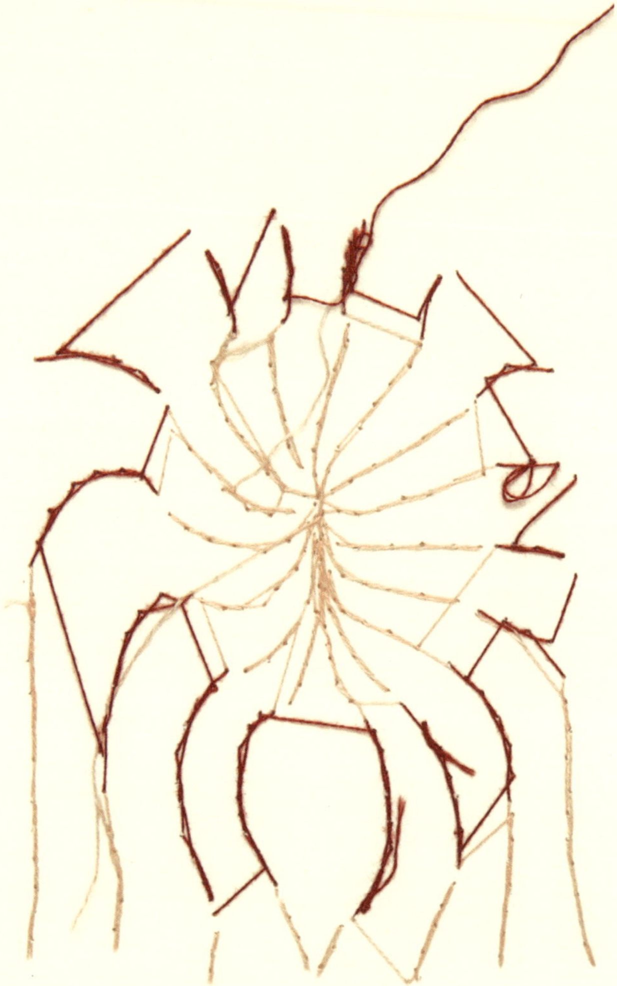

Sempre que pronuncio seu nome, aguardo a palavra que pode advir daí – e sempre é palavra alada e portadora do inefável. No luto e no silêncio cotidiano, vou costurando as linhas dessas palavras aladas num exercício de esperança. Todos os dias me reservo um tempo para esse silêncio. Um silêncio por Caetano e para escutar sua música em mim.

E só isso basta para ilustrar poeticamente toda a potência que está guardada sob aparente delicadeza e precariedade da vida.

(E, não por um acaso, sonhava com minha cabeça deitada num campo verde, com o coração batendo no compasso do som que vinha do fundo da terra. No sonho, o barulho do fundo da terra era o som do coração do meu filho, presença pura que esteve em minhas mãos na eternidade de alguns dias).

É impressionante como os sonhos nos organizam. A noite passada foi uma daquelas noites terríveis de lembranças e saudades. Quando consegui dormir, sonhei com Caetano me abraçando em uma viagem de avião, costurando uma ferida imensa que sofri no joelho quando pequena, visitando comigo um salão de arte onde uma imensa porta se abria para um vale enigmático. Caetano, meu maior voo, segurou minha mão e costurou minha ferida com a linha fina do amor. A obra de arte mais bonita que já vi, um eterno enigma que me deixou uma saudade que é da extensão de um vale — muitas vezes escuro, outras vezes com frestas de iluminação.

NÃO SE DOMESTICA
O BICHO SELVAGEM
QUE CRUZA OCAMINHO
NO MEIO DA MADRUGADA
TAMPOUCO SE FOGE DELE.

SE ESCREVE O BICHO

Há noites em que vigio meu filho: vou procurar seus barulhos nos passarinhos que pousam distraídos na varanda, fico ali num silêncio denso me lembrando de seus olhos fundos e mínimos que me arremessaram ao lugar que talvez nunca teria existido. Como pode num pequeno olhar tonto de mundo caber tanta verdade?

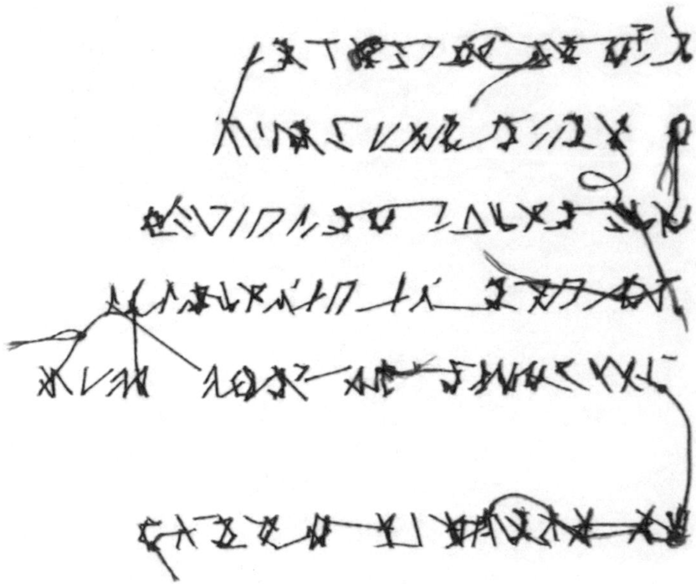

Havia uma cena que antecedia o ônibus das seis e meia: era frio, Descoberto, névoa branca de onde não se avistava seis metros adiante, e do morro descia sempre um homem assobiando uma canção indecifrável.

TIVE UM FILHO
QUE FOI NÉVOA
E ASSOBIO

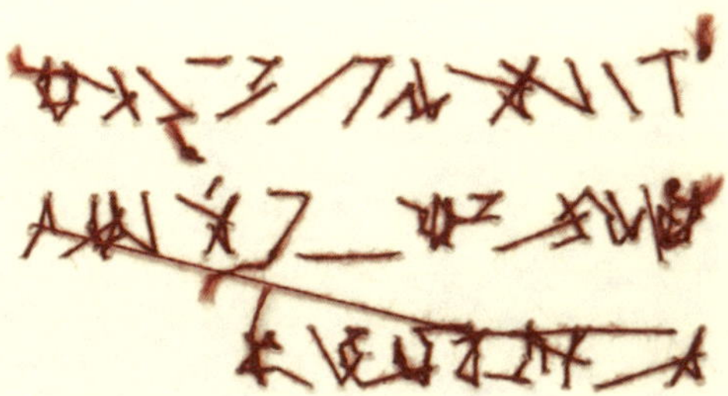

Diante de um vazio aterrador agarrei-me numa fúria desejante e decidi fazer da morte algo vivo, uma tarefa que incluiu abrir mão do desespero e escrever. Nessa rasura fui encontrando um abrigo, um litoral. Nessa escrita todos foram incluídos. E todos também me ajudaram a escrever isso que do litoral faz terra, como diz Lacan em "Lituraterra".

De vez em quando, o dia se rompe numa estranheza cortante. Procuro me deslocar para aquilo que do luto é vida e aprendizado. Atravessar um pântano escuro fez com que eu pudesse me desapegar de tantas certezas que a fantasia constrói. O confronto com o impossível do sexual e com a solidão que ele indica trouxe junto uma liberdade convulsiva e radical. Encontrei aí a inscrição de um amor verdadeiro, tomado pela verdade que o sustenta. O vislumbre rápido e brutal da finitude do outro foi, num primeiro momento, algo que me arremessou ao furo de todos os semblantes, um deslocamento para dentro de uma cratera sangrenta que rompeu com todas as imagens idealizadas. Não vivi maior abandono ao embaraço. A morte de meu filho me estraçalhou. Curiosamente, num segundo momento, já menos desfigurada pela dor, pude extrair daí as consequências que nisso se impõem: a constatação de um buraco no saber, que a análise já havia me levado a identificar, mas que agora é carne, conciliação com o inconciliável.

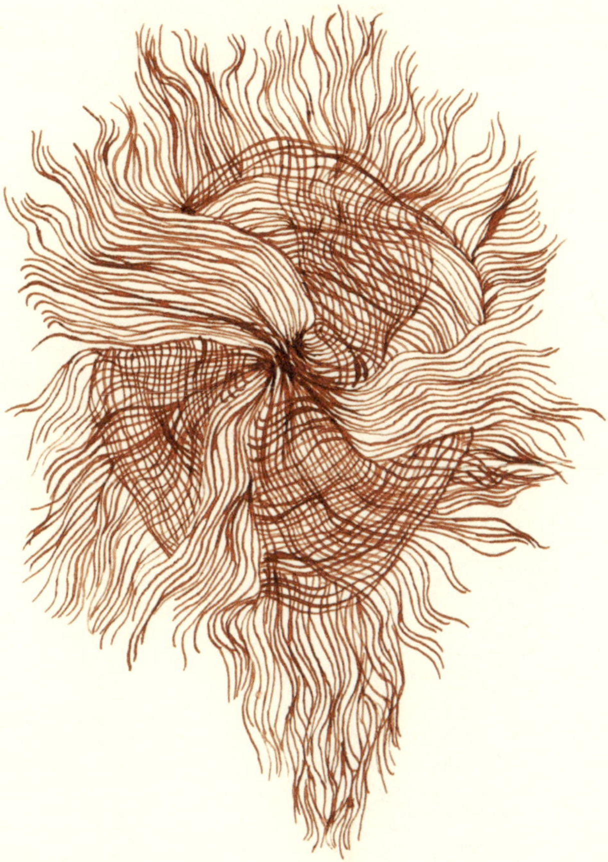

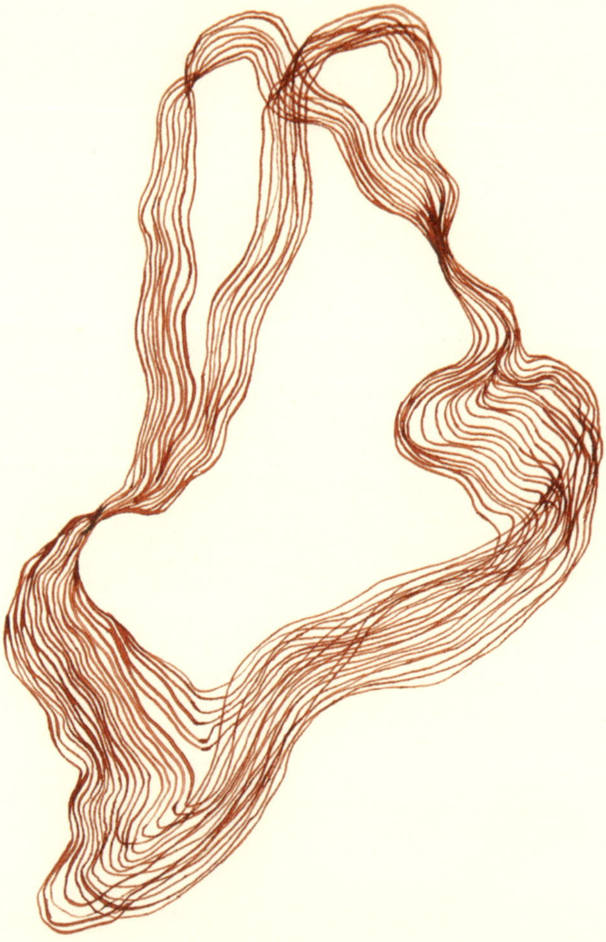

Algo tocante me aconteceu no final de semana: encontrei com um amigo que não me interpelou, apenas me abraçou e depois sorrimos e falamos da vida. Há muito não sorria naquela intensidade e, num momento, eu disse que não gostava de falar nisso, pois há uma incomunicabilidade do luto. Já fico com isso ao deitar, todos os dias ao acordar, quando choro. "Quando você sorri", ele disse, numa intervenção precisa e lacaniana. É isso: meu filho está aí, entre as coisas, nas minhas escolhas, na minha escrita, no meu sorriso. Lembrei de Lacan: daquilo que não se pode falar é do que mais falamos. Basta ter sensibilidade para escutar.

Algumas belezas salvam, como abrir os olhos todas as manhãs e lembrar de um filho que não está ali, e sentir sua mãozinha fazendo o mesmo gesto da primeira vez em que escutou minha voz. Alguns gestos têm a dimensão de mudar a existência. Não saberia o que seria da minha vida se ele não tivesse feito o maior esforço do mundo para pegar na minha mão. É o gesto que me ensina sobre o essencial, sobre as coisas menores e silenciosas.

Desse amor construído – a partir de um rasgo no corpo – o desejo de inventar novos nomes e uma saudade infinita que sempre irá me habitar como um afeto inconsolável.

Maurice Blanchot dizia que a morte não é a experiência patética de uma última possibilidade humana. Ela pode ser o sussurrar interminável da existência, aquilo que uma obra faz murmurar.

Meu filho – marca de uma aventura trágica – me fez tropeçar na indeterminação da existência; me ensinou, a partir da morte e do encontro com o inominável, sobre a própria vida e sobre o imponderável.

Diante de um real oceânico que o fio das palavras não acessa,

TEIMO EM ACREDITAR

EXISTE VIDA
ANTES DA MORTE

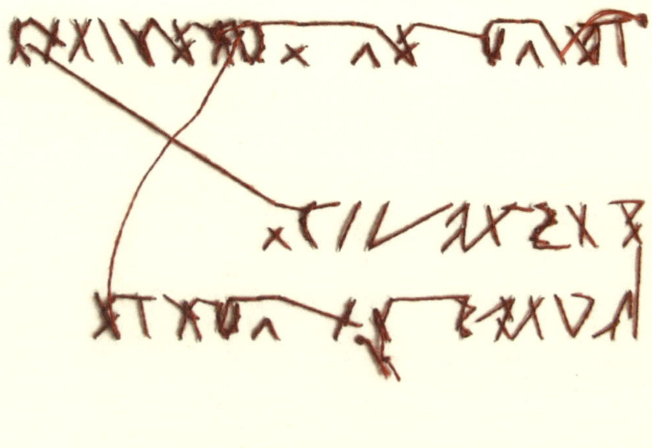

Nesse processo de luto aprendi a me desvencilhar de algumas amarras para poder me debruçar sobre o mistério da vida e do real. Aprendi também a não me demorar em nada que não possa dizer de afeto e coragem. Só isso me interessa. E se por um lado existe uma dor que pode se atualizar sempre que a iminência de uma perda se coloca, encontro também a possibilidade da justa medida das coisas: nada poderá me doer tanto mais. E essa libertação pude nomear. O nome da coragem mais profunda e decidida que aprendi na fina lâmina do bisturi, o nome que segue me apontando novos nomes: um filho que pode me dar colo nessa presença tão linda que se estendeu para as coisas da vida.

O amor nos salva do delírio da indignidade – aquele lá que Freud disse ser o companheiro do melancólico. Acho fácil ir vivendo sem amor quando o dinheiro, o trabalho, as teorias, a família e a religião estão em perfeita ordem e, tantas vezes, camuflando a radical diferença do Outro. Mas, quando tudo desaba, o que fica mesmo é essa construção doida e doída que conseguimos com alguém.

Hoje há um vazio, ainda há noites em que o trauma se atualiza, mas é um vazio que porta algo vivificante, um vazio como o de Mishima, que é explosão do mínimo, densidade no trivial da existência, música silenciosa na paisagem.

"Che vuoi?"

(QUE QUER VOCÊ?)

A provocação, retirada de Lacan (Escritos), repercute a indagação sobre o desejo.

Há um segundo momento de um luto: quando você deita e não dorme e sequer consegue chorar, quando a ausência de um filho lhe reenvia a uma espécie de solidão indevassável. Por mais que se diga, dela não se pode dizer muito. Acordo, escrevo duas ou três palavras para meu filho ou para essa angústia que vem se modificando, mas sempre estará presente. Faz calor, choro, escrevo um texto, um pedaço do desejo no texto, um livro a se esboçar. Um livro sobre a travessia, sobre o fantasma do desejo, sobre aquilo que não se confessa. Não conheço modulação mais honesta para a dor do que desejar – ainda assim, mesmo assim. Desejar a própria materialidade da escrita e ir fazendo com as inscrições no corpo. Um livro para Caetano é fazer escritura com o signo do silêncio imposto pelo luto. Um livro é fazer falar, tratar pela palavra a potência do vazio.

ESCREVER
ATÉ NÃO MAIS SANGRAR

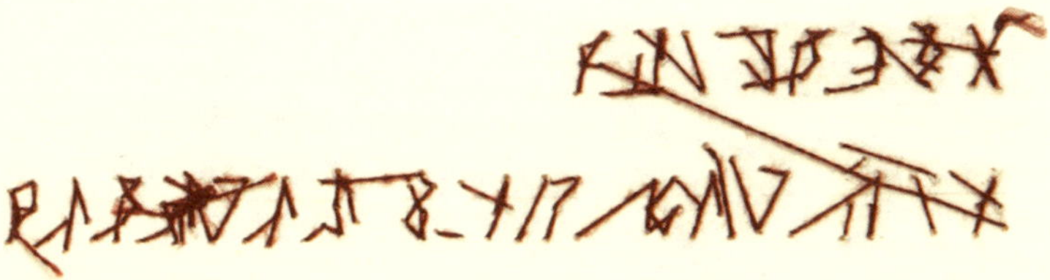

Vida dentro da vida, narrativas em abismo:
notas sobre Névoa e assobio
por Gustavo Silveira Ribeiro

1. Uma vida inteira em cinco dias

É difícil definir o fascínio despertado pelo livro de Bianca Dias, Névoa e assobio. *Um misto de diário de luto, poema e narrativa testemunhal formam a matéria dúctil e frágil que lhe dá substância. A fluidez do texto, a facilidade com que transita por esses registros sem deixar-se capturar por nenhum deles é uma de suas forças. O saber analítico que o atravessa também, na medida em que o leitor interessado assiste ali a uma conversa solitária que tem muito de terapêutica e de prospecção teórica. Ao contrário do que se poderia imaginar, mesmo nos momentos de mais intensa aproximação do real, de aparente e esperada falência da razão, a potência do pensamento parece se infiltrar por entre as palavras, dando a elas um peso e uma solidez inesperadas, indicando os indícios de uma consciência (da escrita, da intensidade do vivido) angustiada e angustiante. É curioso notar que um texto em que há tanto risco e auto-exposição, em que verdadeiramente se contempla o abismo, às vezes parece dobrado metalinguisticamente sobre si mesmo,* mise-en-abyme, *voltado para os próprios movimentos e atento a cada passo que dá. Esse evento paradoxal de ega e contenção, deslimite e cálculo, certamente pode ser visto como um desdobramento, no plano formal do texto, da ambiguidade que constitui a própria experiência fundadora do livro: escrever é, para a autora, uma forma de encontrar a "língua secreta" (DIAS, 2017, p. 43) legada para si, dentro de si, pelo filho morto, ao mesmo tempo em que tratava de a inventar a cada linha traçada, a cada caractere digitado ou impresso. Inventar o que já existe, mas é mistério e medo; deixar vir à tona o que se traz dentro do corpo, ainda que isso rompa a pele das ficções que inventamos para viver: eis a coragem do texto, que não se dá, penso, apenas como enfrentamento e salto no escuro, mas também como exercício da inteligência e esforço da lucidez.*

Mais do que qualquer outra coisa, Névoa e assobio *é um relicário: uma pequena peça de recordação composta (escrita, montada, costurada) por alguém que, mesmo presa de uma dor atroz, quer se lembrar, deseja encher de memórias o coração e jamais esvazia-lo: "Não quero me dissipar em banalidades, não preciso esquecer nada" (DIAS, 2017, p. 53). A morte prematura de Caetano, o silenciamento de uma voz que não chegou a se formar, funcionam como o mote e o motor dessa aventura de escrita: a mãe-narradora escreve pelo filho, falando por ele em certas passagens, e escreve também para ele, para estabelecer uma 'conversa infinita' (para dizer com Blanchot, uma das referências subterrâneas do texto) que durou apenas alguns instantes, uns poucos momentos que vão se desdobrando no livro em cenas circulares, idas e vindas dos gestos e acontecimentos que marcaram a vida breve da criança. Um desses gestos, apresentado mais de uma vez – e por assim dizer por ângulos diferentes – pareceu-me profundamente tocante: bastante frágil dentro de uma encubadora, ligado ao mundo e à vida pelos fios dos aparelhos hospitalares, a criança renova, uma vez mais, os vínculos indissolúveis que tem (todos têm) com a mãe, que a tudo assistia impotente, esvaziada:*

> Meu filho me abrigou em suas pequenas mãos, depositadas na minha. Num esforço de herói, ao escutar minha voz, levou-as a mim, salvando-me do desespero e instalando um afeto descomunal. (DIAS, 2017, p. 22)

Impressiona a construção espelhada da cena e a inversão final que ela propõe, numa viravolta significativa: mãe e filho evidentemente são aqui, como em tantas outras passagens do livro, imagens um do outro, reflexos que se multiplicam sem se confundirem jamais. Ela, a voz que nos fala, olha para a criança e agoniza diante da falta de sentido, da impotência absoluta em que se encontra diante do seu sofrimento; ele, por sua vez, agarrado a um resto imponderável de vida, igualmente despojado de qualquer controle sobre si ou o ambiente que o rodeia, contempla a mãe, devolvendo a ela o olhar que recebe. O desejo consciente que a mulher tem de tocá-lo é respondido pelo menino com o desejo – puro instinto, ânsia de carinho, vontade de asserção e pertencimento? – de também tocá-la, sentindo a sua presença presumivelmente reconfortante. O que deveria ser, no entanto, segundo a ordem natural das coisas, consolo para o bebê que mal respirava, tornou-se carícia e suporte para a mãe, àquela altura muito mais frágil – apesar da solidez do seu corpo adulto e bem-formado – que o corpinho leve e adoentado do filho. O mistério que envolve essa cena é completo, e explicá-la em toda a sua complexidade seria o mesmo que explicar o absurdo das coisas, a (des)razão completa que atravessa tudo o que é vivo e movente. Impossível. Entretanto, o seu significado aparece às vezes claro, e não é em vão que essa cena ocupa posição central no livro, retornando sub-repticiamente ao longo da sequência do texto. Ocorre-me também que o ato de Caetano, a sua força e esforço imensos em erguer as mãos e entregá-las à mãe, protegendo-a, invertem um gesto comum, banal e belíssimo que todas as mães, quando grávidas, repetem na relação que vão construindo com os filhos (e há cenas assim, com ligeiras variações, em recentes narrativas que giram também em torno do motivo da gravidez: no Retrato da mãe quando jovem, romance de Friedrich C. Delius, e Otto, filme do artista e diretor mineiro Cao Guimarães): sentindo-os agitados, inquietos dentro do ventre, as mulheres (e é comum assistir a uma cena assim, talvez sem se dar conta da sua dimensão) acariciam os filhos tocando em si mesmas, na própria barriga, como que a transmitir, através do tênue da pele e dos órgãos expandidos, o calor das suas mãos, a delicadeza do afeto, a calma da carícia que o bebê reconhecerá, já ali, como única e inconfundível. O que a autora apresenta é da mesma ordem, embora o vetor seja outro: por entre os fios incompreensíveis, através da abertura estreita (só posso imaginar) da encubadora e das máquinas vitais, mas hostis, do hospital, Caetano faz a mãe sentir, pelo simples toque de suas mãozinhas, a sua presença de filho, a sua inserção no mundo dos vivos, a tranquilidade, enfim, de que ali havia uma relação filial apesar de tudo o que a parecia negar. A "escuridão dos dias" (DIAS, 2017, p. 49) que obviamente se instalará com o luto é menor e menos densa, é o que o texto sugere, depois disso:

> **E, não por acaso, sonhava com minha cabeça deitada num campo verde, com o coração batendo no compasso do som que vinha do fundo da terra. No sonho, o barulho do fundo da terra era o som do coração do meu filho, presença pura que esteve em minhas mãos [...].** (DIAS, 2017, p. 65, grifos do autor)

A questão do testemunho, que atravessa e condiciona todo o projeto de escrita de Névoa e assobio, ganha um desdobramento singular no livro, uma espécie de suplemento fundamental, sem o qual a sua leitura, a multiplicação quase infinita dos seus significados não ocorreria da forma tão intensa como ocorre. Refiro-me, claro está, aos desenhos da artista Julia Panadés que acompanham e também escrevem o livro. O motivo central das imagens, habilmente escolhido e muito conscientemente levado a termo é o do fio (mais que da linha, se poderia acrescentar). O fio vermelho, *principalmente, que se espalha e dissemina pelo livro desde a capa até as imagens finais é muitas coisas ao mesmo tempo, sem deixar de ser, em nenhum momento, simples exercício do traço, pura materialidade da forma e da cor: falo aqui do fio que une mãe e filho, o cordão umbilical, mas falo também de veias e artérias que atravessam o corpo de ambos e dão substrato à vida, "essa decisão escrita com sangue" (DIAS, 2017, p. 54); falo ainda do útero, da trama de fios e trompas e vasos que o cercam e o formam, e de onde, segundo Bianca Dias (e também, embora num outro registro, segundo a autora de* Um útero é do tamanho de um punho*) nasce a escrita; falo, por fim, e igualmente, dos fios multicoloridos que ligaram Caetano ao mundo nos cinco dias em que esteve vivo, fios que se transformaram, todos eles, pelas mãos de Panadés, em cicatrizes, em pontos cirúrgicos, em bordados, formas abstratas e letras – como se vê, uma rede intrincada de outros fios que são também signos e referências que nascem umas das outras, que puxam umas às outras numa circularidade infindável de inscrições. Palavras e imagens, imagens e palavras, trocando de lugar e se misturando, apontando ambas para os significantes principais do livro, elementos – aos pares – que retornam poeticamente como numa canção, um estribilho: vida e morte, ferida e sutura, ligação e corte, Letra e escrita. Tudo vem (parece vir) daí, tudo devém para esse espaço específico: do fio da escrita que se estende e abarca múltiplos e indecidíveis gestos: a rendição total, a entrega à dor, e também a cura, a aceitação amorosa do destino e suas tragédias –* amor fati, *uma tatuagem gravada a ferro na carne por dentro:*

> De vez em quando choro até me afogar. Sinto meu corpo atravessado por um punhal, reviro minhas vísceras em perguntas estranhas e encontro somente respostas enigmáticas. ***Retorno para a superfície, costuro as bordas do corpo que estavam abertas junto com meu espanto.*** (DIAS, 2017, p. 56, grifos do autor)

2. Ficções do enamoramento

Toda a relação entre mãe e filho, toda a teia espessa de afetos que se forma em torno deles, do ventre aos primeiros anos, é uma relação de reconhecimento. É evidente, não se trata da conhecida premissa platônica sobre o amor – ou a impossibilidade dele – segundo a qual amar é descobrir, reconhecer o outro como uma parte (perdida) de si, finalmente encontrada. O reconhecimento de que aqui falo tem a ver com outras categorias, e foi elaborado fundamentalmente pela Psicanálise e pela moderna Estética: estranhamento e familiaridade. Grande parte da poesia de Sylvia Plath ("Stillborn", "Morning song", "Child", o conhecidíssimo "The arrival of the bee box"), o mais importante romance de Clarice Lispector (A paixão segundo G. H.)[1] e também Névoa e assobio vão dar a ver essa sensação ambígua, ambivalente, de inquietude e fascínio que se elabora de modo secreto desde a concepção – e que se faz presente, segundo esses textos, entre tantos outros – de modo especial no período da gravidez. Uma série de textos e realizações no campo da arte podem ser descritos a partir desses dois termos, alguns pendendo mais para um deles do que para o outro, mas quase sempre (pelo menos nos casos mais interessantes, como os já citados) misturando-os de modo indecidível. Tanto para a mãe quanto para a criança, trata-se de um jogo impronunciável, complexo, entre, de um lado, o horror do desconhecido e do que não se pode explicar, e de outro o encontro com o que parece natural, com o que sempre pareceu estar ali, palpável e perfeitamente integrado à ordem cotidiana das coisas. O segredo da gravidez comporta, às vezes de modo perene, e em toda a sua extensão, essa duplicidade: como compreender e suportar a ideia de carregar em si um outro ser, que habita as suas entranhas e é parte do seu próprio corpo, sendo ao mesmo tempo um corpo autônomo e pleno? E como, ao mesmo tempo, recusar a fortíssima ligação que daí vem quase sempre, mesmo quando a nova vida é breve, cabendo inteira em cinco dias (ou cinco minutos)? Os negaceios, as idas e vindas em torno dessa ideia vão construindo o período de sobressaltos e maravilhamentos que caracteriza tanto o tempo suspenso da espera quanto a irrupção violenta do nascimento. Falar de estranhamento e familiaridade, no contexto em tela, é falar da questão geral, jamais resolvida e às vezes impensável da individuação: é esse fenômeno intrincado, em torno do qual dançam, há já milênios, a filosofia, a religião e a arte, que aqui se toma como referência.

Conceber e portar, como um estojo de sangue e vísceras, uma ou mais pessoas é vertiginoso porque põe em xeque justamente os limites do eu; a mulher transforma-se, mesmo sem o saber, no líquido primitivo, no pântano profundo do qual, supõem-se, tudo o que é vivo um dia emergiu. Pelo seu corpo o mistério do

[1] Onde se poderá ler, por exemplo, esses bastante significativos trechos: [...] "Eu seria obrigada a continuar a reconhecer. E reconhecia na barata o insosso da vez em que eu estivera grávida." (LISPECTOR, 1998, p. 81) [...] "Lembrei-me de mim mesma andando pelas ruas ao saber que faria o aborto, doutor, eu que de filho só conhecia e só conheceria que ia fazer um aborto. Mas eu pelo menos estava conhecendo a gravidez.

mundo, o mistério das coisas (que não têm começo ou fim) volta a se manifestar: é a matéria "neutra que vive e se move" (LISPECTOR, 1998, p. 87) o que provoca o estranhamento, o sentimento de invasão que a metáfora algo militar (porque sobretudo territorial) de Bianca Dias denuncia: "Lembro do dia em que descobri uma habitação estrangeira em meu corpo. Fiquei perplexa" (DIAS, 2017, p. 30). Para o próprio bebê, o nascimento e o novo universo que nesse instante se descortina para ele, tudo é estranhamento: o ar dentro de seus pulmões, a luz crua, não filtrada pelas camadas do corpo materno, a aridez de um ambiente não-líquido, a separação, enfim, do corpo que também era seu, e que de agora em diante será sempre familiar mas principalmente estranho, posto que outro. Tudo é hostil, ainda que logo, aos poucos, vá deixando de o ser. O mesmo processo de familiarização, a mesma passagem de um polo a outro se dá com a mãe, que vai a cada dia tornando comum e reconhecível – vai amando – aquele ser que, passo a passo, passará a acompanhá-la para resto da vida, como um pedaço de si solto no espaço ou uma ausência, algo que a memória tratará, em vão, de tentar preencher.

Se persigo o impulso comparatista que me assalta desde a primeira leitura de Névoa e assobio, e me aproximo do filme Otto (Belo Horizonte, 2012, 71'), de Cao Guimarães, tendo como fio condutor o par conceitual que até agora vim discutindo, percebo que se trata de dois trabalhos a um só tempo muito próximos e muito distantes. Ambos são um mergulho quase literal na intimidade da vida privada, na exposição sem limites do corpo e da dor, com a diferença fundamental de que um explora e desnuda a si (Névoa e assobio); o outro, a pessoa amada, num certo sentido próxima e distante (Otto). Enquanto para Bianca Dias trata-se de uma travessia pelo inferno, uma separação sobretudo, um passeio pela morte do próprio filho e por todas os sentimentos terríveis que daí emergiram, para Cao Guimarães trata-se de celebrar um encontro, do qual o nascimento (anunciado desde o título da película) do filho é um desdobramento e um dom. O artista encontra Florencia Martínez, uma mulher por quem se apaixonará e a quem o filme é verdadeiramente consagrado. Se em Névoa e assobio está-se diante do duro processo de desfamiliarização, de estranhamento absoluto (que se transforma em escrita) com a ausência insuportável do filho falecido

Pelas ruas sentia dentro de mim o filho que ainda não se mexia, enquanto parava olhando nas vitrines os manequins de cera sorridentes. E quando entrara no restaurante e comera, os poros de um filho devoravam como uma boca de peixe à espera. [...] Gravidez: eu fora lançada no alegre horror da vida neutra que vive e se move." (LISPECTOR, 1998, p. 86-90).

> Nesse nada que se faz presente, escrevo. Escrevo para não me perder no excesso vazio do falatório, quando o que se impõe é da ordem do indizível. Escrevo num exercício de redução e para que as palavras - tão sagradas - não percam sua espessura e poder. Escrevo e crio um pequeno altar onde posso depositar minha marca, aquilo que me restou de esperança. Esse ponto preservado de alegria, mesmo diante de tanta dor. Um pequeno relicário de uma fé no absurdo e no intangível que sempre carregarei comigo. (DIAS, 2017, p. 25)

em Otto estamos diante de uma ficção do enamoramento, isto é, de um procedimento discursivo que procura atualizar a cada cena, a cada palavra dita ou imagem capturada a passagem do estranho – o outro, o ser amado e ainda desconhecido – ao familiar, rotineiro e natural. O andamento do filme ajuda a compreender o movimento empreendido: as primeiras cenas e narrações em off, as paisagens iniciais, remetem todas ao estrangeiro; à cidade de Montevidéu e ao Uruguai, onde o casal se conheceu, e à viagem que fazem juntos, logo a seguir (para ver o mundo desconhecido e para ver a si mesmos) a Istambul, Turquia, onde entram em contato com uma cultura antiquíssima e viva. Um dos momentos mais significativos do texto que acompanha o filme surge nesse lugar, em meio às filmagens da noite turca. Trata-se de algo que, em teoria da literatura, se poderia chamar, na esteira de Leo Spitzer, enumeração caótica: um amontoado de predicados sem muita ordem aparente, que mais reúne elementos díspares do que os organiza sob a dureza de uma sintaxe e de um sentido:

> Ela tem vinte e cinco anos e seus olhos querem ver. Gosta de gatos e deuses, carinho no pescoço e bife à milanesa; de rádio AM e de ficar pulando na cama pela manhã, de agarrar as coisas com os dedos dos pés, ruas planas e reuniões de velhos comunistas. Gosta de palavras inusitadas e de grifar frases em livros difíceis. Falar bobagens com o amigo Vik e fazer massa pascoalina. Gosta das lareiras,das sombras e das borboletas. Gosta das passeatas de rua e das mitologias antigas, de caricaturas e cartuns, de óperas e zumbis, do cheiro de jasmim e da textura de uma barba. Gosta de narrar os sonhos pela manhã e de fechar as cortinas ao anoitecer. Como é gostoso conhecer uma pessoa. (GUIMARÃES, 2015, p. 138)

A estrutura do texto diz muito sobre o que está em processo: ainda descobrindo a mulher, encantado e encantando-se com cada detalhe seu que vai surgindo com a convivência, o artista vai construindo um arquivo de referências e afetos que procura tornar familiar, minimamente assimilável, aquilo que era desconhecimento e fascinação. A descoberta da gravidez, anunciada pelo narrador logo depois do trânsito pelo Bósforo – signo grandioso e histórico do caminho aberto ao não-familiar, ao extra-europeu – virá acompanhada de um retorno ao Brasil e a Belo Horizonte, cidade do artista e território íntimo em meio ao qual o filme será rodado e os personagens passarão a transitar. Os movimentos sutis da câmera, que irá acompanhar a partir daí, cada vez mais de perto, Flor Martínez, como que desejando penetrar-lhe a pele, devassar o seu interior, sugerem uma vez mais como o deslocamento em direção ao conhecido e ao reconhecível passa a ser a tônica do filme, diferente do que ocorre com Névoa e assobio. *Ali, o horror e o indevassável nunca deixam de o ser, mesmo que o livro caminhe sempre em direção a um processo de cura e de aceitação. O testemunho da mãe-escritora permanece mudo diante do absurdo, ainda que o texto (e a autora) pareçam encontrar, em meio à escuridão dos dias um "litoral, ponto pacífico de hospedagem da dor" (DIAS, 2017, p. 49).*

Em Otto *tudo indica a pacificação, a celebração do amor revelado e do novo ser que se forma recolhido ao ventre da mãe. Os motivos da água e da duplicação, recorrentes como metáforas conceituais do filme, se alternam para projetar no mundo exterior, na materialidade das coisas, a vitalidade e a beleza do um que se faz dois, do dois que se faz um, incessantemente. Células, sementes, bolhas, reflexos, luzes, gotas de chuva, rios – tudo se torna mais de um, tudo vai se tornando múltiplo (e infinito). Das mãos da mãe exala fecundidade: não é gratuito que Flor Martínez apareça no filme trabalhando num pequeno jardim caseiro, dando vida às florezinhas, e na restauração de peças de madeira antiga, que renascem (é o que se sugere) ao seu toque paciente e habilidoso. O próprio tempo angustiado da espera, os meses da gestação tantas vezes sobrecarregados de expectativas e medos, torna-se doce em* Otto, *traduzido numa contagem de um a cem feita pela moça, que ri despreocupada diante da câmera, seduzindo-a uma vez mais, ao recitar os números em espanhol.*

Um elemento evocado em comum nas duas obras parece-nos indicar a beleza singular de cada uma delas, bem como a imagem de vetores invertidos que ambas projetam quando colocadas frente a frente. Refiro-me à questão do destino. No livro de Bianca Dias a tragédia ocupa um lugar especial, como parecerá óbvio a cada um de seus leitores. A surpresa, a morte, a falta total de sentido indicam um universo fechado e aparentemente sem saída. No entanto, o movimento da escrita e o esforço ético empreendido pela narradora vão transformar o panorama e anunciar a sua consigna decisiva: amor fati, *a alegria (de matriz nietzschiana? lacaniana?) que transforma – luta por transformar – o luto em potência, a ferida em força, a repetição estéril em diferença criadora. No filme de Cao Guimarães (que não sairá diminuído por isso), por sua vez, o destino também é evocado pelo que ele tem de circular, mas o elemento principal aqui é o acaso e o reencontro, afinal: no monólogo que encerra o filme, quando enfim o espectador contempla em primeiro plano, de modo direto, a criança que nasceu,* Otto, *o artista conta de uma viagem de navio feita ao Uruguai vinte e cinco anos atrás, justo quando nascia, muito provavelmente, Flor Martínez; ao se dar conta da coincidência – ele e ela habitaram, sem saber, a mesma cidade, partilharam das mesmas águas – Cao faz um aceno ao imponderável do fado, que lhe preparava secretamente, naquela época, o amor e o filho que depois viriam. O destino aqui é também alegria e aceitação, mas a perspectiva envolvida não poderia ser mais diferente de* Névoa e assobio, *uma vez que o sofrimento parece não ter morada em* Otto.

Referências:

BENJAMIN, Walter. Teoria do conhecimento, teoria do progresso. In: ***Passagens***. Trad. Irene Aron & Cleonice Paes Barreto Mourão. São Paulo: Imprensa Oficial; Belo Horizonte: UFMG, 2006; p. 499-530.

BLAKE, William. ***Canções da Inocência e da Experiência***. Trad. Leonardo Gonçalves & Mário Alves Coutinho. Belo Horizonte: Crisálida, 2005.

BLANCHOT, Maurice. ***A conversa infinita***. (3 vol.) Trad. Aurélio Guerra Neto & João Moura Jr. São Paulo: Escuta, 2010.

BLOCH, Ernst. ***O principio Esperança***. (3 vol.) Trad. Nélio Schneider. Rio de Janeiro: Contraponto, 2006.

DERRIDA, Jacques. ***Morada***. Trad. Silvina Rodrigues Lopes. Lisboa: Vendaval, 2004.

DIAS, Bianca. ***Névoa e assobio***. Belo Horizonte: Relicário Edições, 2017.

GUIMARÃES, Cao & ANJOS, Moacir. ***Cao***. São Paulo: Cosac Naify, 2015.

GUIMARÃES, Cao. ***Otto***. Belo Horizonte: 71', 2012.

LACAN, Jacques. ***Escritos***. Trad. Vera Ribeiro. Rio de Janeiro: Jorge Zahar, 1998.

LISPECTOR, Clarice. ***A paixão segundo G. H.*** Rio de Janeiro: Rocco, 1998.

NIETZSCHE, Friedrich. ***A gaia ciência.*** Trad. Paulo César de Souza. São Paulo: Companhia das Letras, 2001.

PLATH, Sylvia. ***Collected poems***. New York: Harper Perennial, 1992.

SPITZER, Leo. ***La enumeración caótica en la poesía moderna***. Trad. Raimundo Lida. Buenos Aires: Instituto de Filología, 1945.

© Relicário Edições
© Bianca Dias

CIP – Brasil Catalogação-na-Fonte | Sindicato Nacional dos Editores de Livro, RJ

D541n

Dias, Bianca.

Névoa e assobio - 2ª edição / Bianca Dias ; ilustrações Julia Panadés.
Belo Horizonte: Relicário, 2017.

96 p. : il. ; 16 x 18 cm
ISBN 978-85-66786-60-6

1. Literatura brasileira. I. Panadés, Julia. II. Título.

CDD-B869.3

COORDENAÇÃO EDITORIAL Maíra Nassif
EDIÇÃO DOS TEXTOS Maíra Nassif e Julia Panadés
REVISÃO Maria Fernanda Moreira
PROJETO GRÁFICO E DIAGRAMAÇÃO Ana C. Bahia e Rafo Barbosa
FOTOGRAFIA DOS DESENHOS Mauro Figueiredo
TRATAMENTO DE IMAGENS Rafo Barbosa

RELICÁRIO EDIÇÕES
www.relicarioedicoes.com
contato@relicarioedicoes.com

Esta obra foi composta em Mundo Sans
sobre papel Pólen Bold 90 g/m² para a Relicário Edições.